D0626911

Les Éditions du Boréal
4447, rue Saint-Denis
Montréal (Québec) H2J 2L2
www.editionsboreal.qc.ca

Lucien
et les arbres migrateurs

DU MÊME AUTEUR

Lucien et les ogres, Boréal, 1998.

Lucien et le mammouth, Boréal, 1999.

Lucien et la barbe de Dieu, Boréal, 2000.

Jean Heidar

Lucien
et les arbres migrateurs

Boréal

Les Éditions du Boréal remercient le Conseil des Arts du Canada
ainsi que le ministère du Patrimoine canadien et la SODEC
pour leur soutien financier.

Les Éditions du Boréal bénéficient également du Programme de crédit
d'impôt pour l'édition de livres du gouvernement du Québec.

Illustrations : Denis Goulet.

© 2001 Les Éditions du Boréal
Dépôt légal : 4ᵉ trimestre 2001
Bibliothèque nationale du Québec

Diffusion au Canada : Dimedia
Distribution et diffusion en Europe : Les Éditions du Seuil

Données de catalogage avant publication (Canada)

    Heidar, Jean, 1952-

    Lucien et les arbres migrateurs

    (Boréal Junior ; 76)

    (Lucien)

    À partir de 10 ans.

    ISBN 2-7646-0147-6

    I. Goulet, 1965- . II. Titre. III. Collection. IV. Collection : Heidar,
Jean, 1952- . Lucien.

PS8565.E415L81	2001	jc843'.54	C2001-941434-X
PS9565.E415L81	2001		
PZ23.H44Lua	2001		

CHAPITRE 1

— Et ça, c'est quoi ? demanda Lucien. L'explorateur Platypus recula d'un pas et plissa les yeux… :

— Ça… c'est…

Deux rainures, deux rides d'attention, lui creusaient le haut du nez.

— Une fleur, répondit-il.

— Je vois bien que c'est une fleur !

Lucien secouait la tête l'air de dire : « Il le fait exprès ou il est né comme ça ? » Le garçon en rajoutait, mais c'était pour rire.

— Elle doit bien avoir un nom !?

Ils se trouvaient au Jardin botanique, en face du Pavillon japonais. Les touristes, fouettés par le bleu du ciel, un bleu d'automne presque marin, déambulaient, appareil photo sur la poitrine. Les derniers mariés de la saison, un peu raides dans leurs costumes de location, posaient tantôt dans les rosiers, tantôt sous la tonnelle ou devant l'étang.

— Je ne sais pas, bougonna l'explorateur. C'est pas écrit ? D'habitude, c'est écrit. Une petite plaque de métal…

— Un aster, répondit tout à coup une voix féminine derrière eux.

Comme pris en défaut, Lucien et Platypus se turent, gênés.

— Aster qui veut dire étoile, poursuivit la voix. Excusez-moi de m'immiscer dans votre conversation mais je n'ai pas pu m'en empêcher.

Elle prononçait « étöelle » avec l'accent qu'ont en français les anglophones du Québec.

Lucien et Platypus poussèrent un soupir. Ils étaient très bien à deux et se sentaient moyennement d'humeur à faire des politesses.

— Non, non, je vous en prie…, marmonna l'explorateur en se retournant. Il allait ajouter un mot comme « pardonnez-moi, je dois y aller, c'est l'heure de mon bol de céréales… », mais s'interrompit sans pouvoir continuer.

La dame derrière la voix avait une drôle de dégaine : grande et maigre, les épaules en cintre, vêtue d'une robe couleur framboise javellisée, elle portait, enfoncé sur son crâne, un chapeau de marin, une galette à bords avachis comme en portent les enfants à la plage.

— Moi aussi je vous en prie, dit Lucien, moins étonné par l'allure de la dame qu'intrigué par ses socquettes roses et le design de ses baskets. Je ne connais pas les plantes, c'est bien ennuyeux.

— Et même embêtant, renchérit Platypus qui se disait qu'après tout, on peut s'habiller comme on veut… Très embêtant, surtout quand on vous pose des questions.

L'explorateur n'avait rien à ajouter et il se mit à sourire, mains jointes sur le ventre, l'air bouddhiste ou somnambule, selon que l'on habite Lhassa ou Trois-Rivières. Autour d'eux, des dizaines d'écureuils fricotaient, fougnassaient dans les feuilles à la recherche de nourriture. L'Anglaise se taisait d'autant, et plus le silence devenait profond, plus les écureuils donnaient l'impression de trépigner, de sautiller, d'être atteints de graves troubles neurologiques.

— Si vous permettez, continua la dame, je peux vous guider à travers le parc.

— Vous êtes bota… bota… nisque? demanda Lucien, pas très sûr du mot.

— Botaniste, non. Je reçois chaque année le catalogue W. H. Pâquerette. Vous le connaissez? Il est très instructif. Inutile d'être coureuse cycliste pour faire du vélo ou diplômée ès fleurs pour connaître les roses.

« Niste, pas nisque » pensa Lucien. Un peu honteux de s'être emmêlé les pinceaux, il pointa un arbre de l'index pour faire diversion.

— Et ça, c'est quoi ?

— Une juglandacée à feuilles opposées.

— Pardon ?

— Un noyer. Je « rigâllais ». Vous venez ?

À petits pas, se sentant obligés d'être curieux de tout, entraînés par l'énergique bonne femme, Lucien et Platypus marchèrent jusqu'aux gingko biloba. Devant chaque nouvel arbre, l'Anglaise en profitait pour étaler sa science et leur dévoiler tous les secrets de la photosynthèse et des pédoncules. À la fin, un peu las, la tête bourdonnante, Lucien et Platypus filèrent sous les pommetiers pour donner des pichenettes aux fruits mûrs qui pendaient encore aux branches.

— Vous savez, dit-elle en les rejoignant

— la dame fit une pause pour s'assurer que Lucien et Platypus avaient cessé de pichenetter pour l'écouter — selon une vieille légende irlandaise ou bretonne, certains arbres s'envoleraient vers le sud aux premiers jours de l'automne ; ils migreraient.

Lucien crachota le bout de pommette qu'il tentait d'avaler et s'essuya la bouche.

— Migreraient… Comme les oiseaux ?

— Vous n'êtes pas sérieuse, taquina l'explorateur. Des arbres migrateurs !

— Pas tous les arbres, reprit l'Anglaise d'un ton brusque en toisant Platypus d'un œil sévère. Seulement certaines espèces. Vous savez, même les légendes les plus folles ont un fond de vérité. Il n'y a pas si longtemps, personne ne croyait à l'existence des okapis et pourtant, ils existent. Tout comme les Irlandais et les Bretons.

— Et où iraient-ils ces arbres volants ? Au Brésil ? Au Mexique ? En Afrique ?

La dame fit hun-hun, avant de se

rapprocher et d'ajouter sur le ton de la confidence :

— Où qu'ils aillent, c'est certainement dangereux. L'automne dernier, en Beauce, un propriétaire a vu la moitié de sa forêt s'envoler pour ne jamais revenir.

Platypus haussa les épaules.

— Le danger... le danger... bof-bof-bof...

— N'empêche, n'empêche... avertit la dame aux socquettes. Elle le dévisagea un instant puis se mit à déambuler de long en large, les mains derrière le dos.

— Je n'aurais pas dû vous raconter tout ça... Allez, oubliez! Je n'ai rien dit! Tout ça, c'est des bêtises.

Elle se mordait les lèvres en agitant la tête et en les regardant par en dessous. On ne savait pas si elle était sérieuse ou si elle voulait se faire prier.

Platypus attendit trente secondes puis, excédé, explosa d'une voix pleine d'autorité qui l'étonna lui-même :

— Assez de chichi, madame, que diable !

Le Jardin botanique est un parc à surprises où chaque fourré en cache un autre. Après s'être enfoncés dans les rhododendrons et faufilés sous une pinède, ils pénétrèrent dans une clairière où s'élançait, pointu comme une pique, un grand sycomore.

— Nous y voilà ! souffla l'Anglaise. Elle souleva son chapeau et s'épongea le front. Selon mes observations, celui-là devrait s'envoler bientôt.

Platypus chercha une bouteille d'eau dans son sac et la lui tendit :

— Comment le savez-vous ? Il vous l'a dit ?

— En quelque sorte. Vous avez vu *Lawrence d'Arabie* ?

Elle leva les yeux au ciel en clignant des paupières et en se remémorant on ne sait quoi…

— Les sycomores migrateurs sont comme les chameaux. Ils emmagasinent avant de partir en voyage. Regardez ces bosses sur le tronc, elles sont pleines à crever. Si ! Si !

S'étant rapprochée du sycomore, elle tira de son chapeau une longue aiguille et l'enfonça dans une des protubérances. Puis, comme on lit une jauge d'huile, elle la retira et l'essuya avec un mouchoir.

— C'est ce que je disais, il manque à peine dix centilitres ; il peut s'envoler. Revenez demain matin, vous verrez, il n'y sera plus.

— Si vous le dites, se moqua gentiment Platypus.

— Vous savez…

L'Anglaise glissa un doigt dans le col de sa robe pour se gratter le sternum :

— … vraie ou fausse, c'est une jolie histoire, n'est-ce pas ?

Le jardin fermait ses portes à la nuit

tombée et la nuit justement commençait à tomber. De partout, les visiteurs jaillissaient des sentiers pour se diriger vers la sortie. Lucien et Platypus accompagnèrent la brave dame jusqu'aux tourniquets de la rue Sherbrooke puis, après l'avoir saluée et remerciée, ils firent mine de se diriger vers l'arrêt d'autobus.

En fait, ils avaient leur plan. Sitôt la vieille Anglaise hors de vue, ils rebroussèrent chemin.

— Encore une demi-heure, les prévint le gardien.

Il prévenait d'un ton las, coincé qu'il était depuis le matin dans sa guérite.

— Une chose que je voulais vérifier… marmonna l'explorateur. Un nom de… vous savez, le…

Le gardien n'avait pas envie d'entendre ses explications. Agacé, il leva la main en direction du parc :

— Allez-y mais faites vite !

Et comme si, au signal, une minuterie

s'était mise en branle, Lucien et Platypus s'empressèrent de franchir le portail. Le soleil tombait à grand fracas de couleurs. Devant eux, au bout de l'allée, la brique des bâtiments administratifs commençait à s'iriser. L'air fraîchissait. Aux ronronnements des ventilateurs de serres se mêlaient des odeurs d'herbe humide.

— Un arbre volant ! Je pense que je deviens encore plus bête que toi et l'autre vieille folle ! dit Platypus lorsqu'ils se furent un peu éloignés. Enfin, nous verrons… Si j'attrape un rhume, ce sera de ta faute… un peu de la mienne aussi, admettons… mais c'est toi le plus curieux. Heureusement que ma chemise couvre chaud.

Pour toute réponse, Lucien quitta la promenade pour piquer à travers le gazon. Malgré le chemin inverse qui brouillait ses repères, il n'avait aucun mal à reconnaître les courbes et les dénivellations du terrain.

— Là, vous vous souvenez ? derrière la butte, les rhododendrons.

Platypus tapota sa montre.

— Dans quinze minutes les grilles seront fermées…

— Ce que vous êtes rabat-joie! s'énerva Lucien.

— C'est que tout à coup je me sens devenir raisonnable!

— Vous? Raisonnable? Ce serait bien la première fois!

Coupant court à la conversation, Lucien reprit sa course. Après avoir emprunté la sente qui menait aux rhodomachins, il se faufila entre deux cèdres, reconnut la pinède, rampa dans les aiguilles et déboucha là où il devait arriver, dans la clairière au sycomore.

— Tu vois, il n'a pas bougé, persifla Platypus en sortant du sous-bois. Sans doute le trac.

Lucien s'était rapproché du tronc et en tâtait l'écorce.

— Qu'est-ce qu'on fait? On grimpe dedans?

Il leva la tête et tenta de s'imaginer perché toute une nuit sur une branche. Certainement, il aurait du mal à s'endormir.

— Écoute, dit Platypus, si j'ai…, on reste, sinon, on rentre, d'accord ?

— Si j'ai quoi ?

L'explorateur plongea la main dans son sac.

— Si j'ai quoi ? répéta Lucien.

— Chuttt…

Platypus malaxait. Au bout d'un moment, il tira du sac une sorte de bobine de corde, un long filet qu'il déroula et secoua comme on aère un édredon.

— Comme tu vois, j'ai ! dit-il, le visage barré d'un sourire. Mon hamac. Je craignais de l'avoir laissé à la maison.

C'était sans doute une bonne nouvelle : il valait mieux dormir avec Platypus dans un lit de cordes qu'étreindre pendant des heures le tronc d'un sycomore.

Très agile bien qu'il ne fût abonné à aucun club de gymnastique, Platypus sauta dans l'arbre et, à la force des poignets, se hissa de plus en plus haut, jusqu'à trouver deux branches solides et correctement éloignées l'une de l'autre.

La première étoile n'était pas levée que le hamac oscillait à dix mètres du sol, déployé sur toute sa longueur.

— Génial! cria l'explorateur. Nous allons dormir comme des rois!

CHAPITRE 2

—C'est ce que vous appelez bien dormir!?

Lucien s'énervait. À chaque mouvement de l'explorateur, il se retrouvait tassé, ensaucissonné, écrasé contre les mailles du filet, la peau des joues découpée en losanges.

Au moins, il n'avait pas le temps d'avoir froid même si la nuit, déjà bien tombée, poussait ses ombres en contrebas.

Lucien mesurait le temps. Il devait être tard puisque de l'autre côté des clôtures, boulevard du Pape, les voitures avaient cessé de circuler. Le vent s'était levé ou plutôt dressé; un vent d'est qui

secouait les branches et faisait frissonner les feuilles.

— Allez, l'arbre, décolle ! murmura le jeune garçon.

« Peut-être qu'il est timide, ajouta-t-il dans sa tête. Peut-être qu'il a horreur de voyager seul et qu'il attend des copains. »

Platypus dormait une main sous la nuque, le coude en éperon, la tête tournée sur l'épaule.

Lucien remarqua ses narines, immenses, où dansaient de longs poils blonds. Puis, soudainement, tout se brouilla : il avait fermé les yeux.

Lorsqu'il les rouvrit, Platypus toujours sur le dos ronflait comme une locomotive. L'air avait encore fraîchi. Empêtré dans le filet, mélangeant le haut et le bas, Lucien crut voir bouger les étoiles qui, dans la nuit finissante, éclataient avant de s'éteindre.

— Monsieur Platypus ! Vous ronflez !

Lucien, qui ne songeait qu'à dormir, entonna un furieux : nè nè nè nèè…, en forçant d'un ton à chaque nè. Puis, de plus en plus exaspéré, les nerfs en pelote, il serra et desserra le poing, avant d'en porter un petit coup sur l'épaule de l'explorateur qui aussitôt se mit à faire des bruits bizarres et à se gratter partout.

— Vous ronflez ! répéta Lucien d'un ton sévère.

Platypus souleva la tête et clappa des mâchoires.

— Pardon ?

Sans réfléchir, la cervelle embrumée de sommeil, l'explorateur se redressa brusquement et lança ses deux pieds hors du filet.

— Monsieur Platypus !

Il était trop tard. Le hamac, relâché du milieu, se détendit puis se retourna d'un coup, précipitant Lucien et l'explorateur dans le vide.

Lucien cria, mais pas très longtemps. La

surprise autant que des trombes d'eau s'engouffraient dans ses oreilles et lui lavaient le nez. Tout doucement, sans qu'il s'en soit rendu compte, le sycomore s'était déraciné et volait, depuis des heures, au-dessus de l'océan. Quand Lucien émergea à la surface de l'eau, battant des bras et jambes comme un petit chien, l'arbre n'était plus qu'une flèche s'enfonçant dans le lever du soleil.

— Monsieur Platypus! Lucien tournait sur lui-même en frappant les vagues. Où êtes-vous?

L'explorateur apparut bientôt, toussant, crachotant, complètement ahuri. Malgré une paire de bottines qui n'aidaient en rien la pratique de la natation, il tenta une brasse qui réussit à le rapprocher du jeune garçon.

— Elle pourrait être plus chaude! criat-il. De deux ou trois degrés au moins. Dis-moi, on rêve ou c'est vrai?

— Je crois que c'est vrai, répondit Lucien. Nous avons raté le décollage. Si… —

en respirant il avala une gorgée d'eau qui l'interrompit et manqua l'étouffer — je… je…

— Je vois, continua Platypus. Nous sommes en pleine mer et nous allons nous noyer. C'est vraiment pas de chance.

— Vous croyez? bafouilla Lucien en essayant de reprendre son souffle.

— J'aurais préféré me noyer au sec, dans mon lit par exemple. Mais bon, comme disait un général, je ne sais plus lequel, sachons faire face à l'adversité. D'ailleurs les choses pourraient être pires, un requin pourrait nous manger.

— Un requin?

— Ou plusieurs. À la télé, ils se déplacent toujours en bande.

— Et ici, il y en a? s'inquiéta Lucien.

— Je ne sais pas, j'ai éteint avant la fin de l'émission.

Inquiet tout à coup, Lucien tourna la tête et regarda derrière lui. Puis devant et encore derrière. Pour le dessous, il n'osa pas vérifier, mais cessa néanmoins de bouger les jambes.

— En attendant, le mieux serait de faire la planche, continua l'explorateur. Inutile de s'exciter. Et puis, il va faire beau… sachons profiter de l'instant présent.

L'instant présent risquait de ne pas dépasser la demi-heure. Lucien fatiguait. Ses oreilles avaient cessé de surnager. Plongé dans le silence, il regardait bleuir le ciel, tête renversée, comme lorsqu'on saigne du nez. De temps à autre, une vague plus grosse lui lavait le visage et il arrêtait de respirer. Sans savoir pourquoi, il avait envie de rire. La chaleur naissante du soleil, sans doute. Il y réfléchissait puis cessa d'y penser, et même de penser à quoi que ce soit.

Lucien allait couler à pic quand une bille de bois lui frôla l'épaule. C'était une rencontre improbable mais assez douloureuse et inquiétante pour qu'il batte des pieds et hurle comme si on l'étripait.

CHAPITRE 3

— Pardon, excusez-moi. Je ne vous ai pas fait mal ?

L'homme s'était couché sur son radeau et tendait le bras :

— Montez à bord, j'ai du mercurochrome. De l'aspirine aussi, si jamais…

« Je suis mort », songea Lucien. Il s'accrocha néanmoins au bras de secours qui pendait dans l'eau et attendit la suite.

— Ça n'a pas l'air bien grave…

Le navigateur, un drôle de bonhomme à moitié nu, couvert des genoux à la taille d'une jupette en peau de cerf, l'avait hissé sur son embarcation et l'examinait attentivement.

— Pas grave du tout. À peine une éra-flure, et encore, minuscule.

— J'aurai peut-être un bleu, s'excusa Lucien.

— Peut-être. Ça reste à voir. Nous, les scientifiques, n'avançons rien sans preuve. Il y a bien sûr les circonstances aggravantes et atténuantes, les probabili-tés… mais une hypothèse n'est jamais une certitude.

« Je me présente : Thor Vidal. Et lui, c'est *Bombar,* mon radeau. Je disais qu'une hypothèse, aussi séduisante soit-elle… rappelez-vous les Anciens… ne peut et ne saurait…

Monsieur Vidal possédait cette faculté de pouvoir discourir sur tout et rien sans jamais se lasser. En un mot, à moins d'être stoppé, il devenait vite insupportable, sur-tout qu'il avait la fâcheuse manie d'estom-per ses bouts de phrases.

— Lucien, dit Lucien. Sans vouloir être impoli, je crois que nous pourrions

remettre cette conversation à plus tard ; par exemple après avoir repêché mon copain.

— Hé, monsieur l'homme des cavernes, vous avez cassé vos lunettes ? cria Platypus qui, totalement à bout, n'arrivait pas à grimper sur le radeau. Il s'agrippait aux troncs de toute la force de ses ongles.

— Excusez-moi, dit Thor Vidal, je ne vous avais pas remarqué. Pour un navigateur solitaire, deux personnes c'est une foule et dans une foule, on ne perçoit pas tout le monde. C'est sociologique.

— Va pour cette fois, marmonna l'explorateur quand ils l'eurent hissé à son tour.

Épuisé, il se laissa tomber, s'effondra, la joue collée au plancher, les cils grattant les billes de bois.

L'homme à la jupette hocha la tête :

— C'est très imprudent de traverser l'océan à la nage. Et en plus avec des bottines et un sac à dos. Sans escale, c'est très difficile. Je pense que personne n'a jamais réussi… pas que je sache en tout cas… mais — il prit un air rêveur — on connaît tellement peu de choses…

— Et vous ? interrompit Lucien, qu'est-ce que vous faites en pleine mer sur un radeau, vêtu d'une peau de bête ?

Les yeux du scientifique s'allumèrent : il allait aborder un de ses sujets favoris ; sans répondre tout de suite, comme s'il dégustait à l'avance ses explications, il sourit mystérieusement.

— Héhé ! dit-il.

— Héhé quoi ? l'encouragea Lucien.

— Héhéhé.

Un peu las qu'on le fasse languir, le jeune garçon tourna la tête ; le radeau n'était pas très grand : sept ou huit enjambées sur quatre ou cinq. Partout l'océan. « Que d'espace ! » pensa Lucien. Un espace qui bizarrement oppressait et libérait tout à la fois.

Thor Vidal, qui craignait de perdre

l'attention du garçon, haussa la voix d'une octave.

— Je suis en voyage d'études ! poursuivit-il.

— Pardon ?

Lucien, rappelé à l'ordre, tentait de reprendre le fil…

— D'études. J'essaie de prouver que nos ancêtres parcouraient les mers il y a cent mille ans.

— C'est pour ça que vous êtes habillé comme un homme préhistorique ?

— Il faut coller à la réalité, reproduire l'époque.

Thor Vidal se tut pour réfléchir ou pour forcer une autre question. Un peu déçu qu'elle ne vienne pas — le sujet était tout de même passionnant — il expliqua qu'on avait trouvé dans une île déserte un tronc d'arbre extrêmement vieux qui sans aucun doute provenait d'un radeau primitif semblable à celui sur lequel ils se trouvaient en ce moment même. Et l'île déserte était très loin de toute terre habitée. « Il y a là une énigme », ajouta-t-il en se grattant les ailes du nez.

Depuis deux heures qu'ils étaient sur le radeau, Lucien en avait déjà marre de la navigation. Pour tromper l'ennui, il croquait des pommes. Monsieur Vidal en avait un plein panier qu'il avait mis à la disposition des deux rescapés.

Platypus, revenu de ses fatigues, s'était assis face à la mer et s'échinait à retirer ses bottines. Toutes moussues, ses chaussettes ne sentaient pas bon. Il allait les plonger dans l'eau quand, alerté par un bruit bizarre, il aperçut au-dessus des vagues un trait échevelé qui s'approchait d'eux à grande vitesse.

— Un autre ! s'exclama-t-il. Un sycomore… un autre sycomore migrateur.

— Plutôt un tilleul, le corrigea Thor Vidal qui, aux cris, s'était redressé, les mains en visière… Observez le feuillage…

Oubliant ses chaussettes, Platypus avait bondi sur ses pieds et pointait ses orteils façon ballerine comme si se hausser de trois centimètres pouvait l'aider à mieux voir.

— J'en vois un deuxième ! cria-t-il, excité. Et peut-être même encore un autre. Sortons les rames et suivons-les !

— Je suis désolé, dit Thor Vidal, mais selon nos connaissances actuelles, il y a cent mille ans les rames n'existaient pas. Je n'en ai donc pas. D'ailleurs, elles seraient inutiles, vos arbres sont déjà loin.

Platypus se laissa retomber sur les talons. Irrité, abasourdi, animé d'une soudaine mauvaise humeur, il jappa :

— Et qu'est-ce qui existait alors ? Le barbecue ?

— La lance, répondit Thor Vidal sans se démonter. Ça, j'en ai une. Peut-être le peigne ; ça aussi, j'ai… Pour le feu, tout le monde sait qu'on l'utilisait il y a des centaines de milliers d'années.

— Et des giganto-féroces, vous en avez aussi ? Et vos pithécanthropes après s'être coiffés, vous croyez qu'ils se laissaient bêtement dériver ! ?

Aux premiers éclats de voix, Lucien s'était réfugié dans la cabine de monsieur Vidal, une construction en perches de bois, couverte de chaume, plantée au centre du *Bombar*. Une petite cabine sans fenêtre avec, à même le sol, un lit de branchages. Tout contre, sur un des murs, il remarqua la lance dont avait parlé le scientifique et qui n'était en fait qu'un bout de bois affûté dont la pointe avait été durcie au feu. Des hameçons d'os, regroupés en tas, avaient été balayés dans un coin. Près de la porte, une calebasse servait à recueillir l'eau de pluie. Et un peu plus loin, posées sur une petite pyramide de bambou, des fibres roulées en pelote et même des lianes.

Dehors, le ton continuait de monter.

Lucien entendit « c'est idiot ! » et « si vous n'êtes pas content vous n'avez qu'à retourner d'où vous venez!» Ce «d'où vous venez», c'était l'océan; ce qui ne le rassurait pas beaucoup sur son propre avenir.

Il réfléchissait à un moyen de calmer les deux hommes quand ses yeux se figèrent et cessèrent de voir.

Des idées se bousculaient dans sa cervelle.

CHAPITRE 4

— Arrêtez de vous disputer ! cria Lucien en sortant de la cabine. Je sais ce qu'il faut faire.

— J'ai toujours su ce qu'il fallait faire, répondit Thor Vidal. Avant que vous n'arriviez, j'étais très occupé !

— Qu'est-ce qui vous occupait tant ? demanda Platypus, intrigué.

Le navigateur croisa les bras sur sa poitrine et regarda le ciel :

— Je vous l'ai déjà expliqué. Maintenant, si vous n'avez pas compris…

Plutôt que de les raisonner, Lucien leur tendit la lance. Le plus simplement du monde, il y avait attaché à un bout une

liane et, à l'autre, en deçà de la pointe, de longues cordelettes auxquelles étaient fixés des hameçons.

— Les hameçons, c'est pour mieux accrocher, expliqua-t-il. Les cordes s'enrouleront elles-mêmes autour du tronc et des branches…

— Ça ne sera jamais assez résistant, objecta Thor Vidal. Et même si ça l'était, qui d'entre nous serait assez habile pour atteindre à la lance un arbre volant à dix mètres au-dessus de l'océan ?

— Moi, répondit Platypus, qui se tâtait les muscles du bras. À l'école primaire, j'étais champion au lancer du javelot.

— Heureuse nouvelle, voilà qui rassure et impressionne, se moqua Thor Vidal. C'était l'année dernière ou celle d'avant ?

— En tout cas, c'était après vous ! répliqua l'explorateur d'un ton courroucé. Et même bien après.

Il pensait : « vieux schnock », sans oser le dire tout haut.

— Vous n'allez pas recommencer! s'interposa encore une fois Lucien. Vous devenez lassants à la fin.

Les deux hommes se considéraient d'un air boudeur.

À trois sur un petit radeau, la vie n'est pas toujours facile; même à deux et même tout seul.

— Je plaisantais, s'excusa le scientifique. C'était pour rire.

— Pour rire, bougonna Platypus, avant de se diriger d'un pas maussade à l'avant du radeau pour fixer l'autre extrémité de la liane.

L'attente. Curieusement, Lucien n'y avait pas pensé. Comme si la réalisation immédiate d'une bonne idée allait de soi. Comme si les arbres migrateurs, miraculeusement informés, allaient se précipiter tous ensemble au-dessus du radeau pour être harponnés.

— Vous croyez qu'ils ont terminé leur migration ? demanda Lucien.

Il se rendit aussitôt compte de l'absurdité de sa question. « Comment le sauraient-ils ? »

D'ailleurs, ni Platypus ni Thor Vidal ne répondirent. Le soleil tapait dur et si ce n'avait été de la crainte de rater le passage d'un sycomore, d'un tilleul ou d'un autre arbre, les deux hommes se seraient réfugiés dans la cabane pour piquer un roupillon.

Pour tuer le temps, ils faisaient semblant de pêcher.

La nuit, ils décidèrent de se relayer. À tour de rôle, ils montèrent la garde, assis à l'indienne, prêts à réagir.

Et puis le lendemain, la même chose, et encore.

Le troisième jour, vers midi, Thor Vidal déposa son bambou de pêche et se leva précipitamment. Sur sa gauche, il avait repéré une tache verte volant à 10 heures, qui grossissait rapidement.

— Chêne en vue ! cria-t-il. Branle-bas de combat, fermez les écoutilles ! Platypus, mon ami, nous comptons sur vous !

L'explorateur se tapa la tempe avec l'index ; le scientifique poussait par trop la plaisanterie.

À dire vrai, il se sentait nerveux. Thor Vidal se moquait, mais non sans raison : l'école primaire — une charmante petite école de briques avec plein d'enfants sages et gazouillants — était très loin derrière. Depuis, le lancer du javelot, il ne l'avait pas beaucoup pratiqué.

Platypus ramassa la lance et se mit en position, jambe droite en retrait, la main porteuse à hauteur d'oreille en essayant de se rappeler l'exacte combinaison des pas… un, deux… trois, quatre… ciseau… sans y parvenir.

L'arbre se rapprochait. Déjà, on l'entendait siffler. L'explorateur balança son arme d'avant en arrière… : « Allez… allez… encore… » D'une voix étouffée, presque dans sa tête, il marmonnait : misère-de-misère, faites-que-faites-que… Puis tout à coup, il ahana de toutes ses forces et détendit le bras. L'ombre du grand chêne était sur lui.

CHAPITRE 5

—C'était pas la peine de faire un tel cinéma, ironisa Thor Vidal. Vous l'avez raté d'au moins trois kilomètres.

Platypus s'éloigna tête basse, les mains derrière le dos. Il avisa un cœur de pomme entre deux rondins et lui donna un grand coup de pied. « Voilà ce que c'est que de vieillir », songeait-il. Et même, parce qu'il était très affecté par son échec, il songeait à des questions difficiles comme « est-ce que la vie vaut la peine d'être vécue ? » ou « si j'étais un lapin, serais-je un gros ou un petit lapin ? »

Sans se douter du drame intérieur qui se jouait à proximité, Lucien et Thor Vidal ramenaient le câble. À mi-course, la lance se mit à tressauter, à s'enfoncer et, maintenant qu'elle rejoignait le radeau, à se débattre furieusement.

— Venez nous aider, bon sang ! cria Thor Vidal. Vous voyez bien qu'il est énorme, ce poisson. Sûr que c'est une baleine !

Rattrapé par la vie, l'explorateur se rua sur la liane et tira de toutes ses forces. Mais même à trois contre un, le poisson ne se laissait pas facilement embarquer. Il tirait à leur décrocher les épaules, bondissant, plongeant, déchirant l'air à grands coups de queue. N'empêche, une heure plus tard, alors que les trois compagnons se recroquevillaient d'épuisement comme des poules sur un nid, la bête, encore animée de soubresauts, agonisait au milieu du radeau.

— Grâce à vous, monsieur Platypus, souffla Thor Vidal, nous allons pouvoir manger tout notre soûl. Je dirais même :

nous en mettre plein la lampe ! Je retire ce que j'ai pu penser, vous êtes un extraordinaire lanceur de javelot.

L'explorateur rosit un peu, autant d'orgueil que de malaise. Il ne l'avait pas fait exprès et le capitaine du *Bombar* devait certainement s'en douter.

— Merci, répondit-il simplement.

Au soir, le ventre plein, alors que la mer clapotait tout doux et léchait leur embarcation, ils décidèrent de prendre congé et d'aller dormir.

Bien que petit, le lit de Thor Vidal pouvait les accomoder tous les trois. Coincé entre les deux hommes, Lucien gardait les yeux ouverts et regardait le plafond. En ce moment même, d'autres arbres passaient peut-être au-dessus du radeau. Il tourna la tête pour mieux entendre. Platypus et Vidal s'étaient endormis et respiraient calmement. Sans faire de bruit, Lucien se glissa hors du lit. Debout, la démarche incertaine, il traversa la cabine et se retrouva à l'air libre. Des milliers d'étoiles piquetaient le ciel. Pris de vertige, le garçon se préparait à faire demi-tour lorsque deux soucoupes brillantes, deux yeux apparurent brusquement à la surface de l'eau. C'était une apparition bizarre, non pas effrayante, mais troublante ; comme si l'œil d'un univers inconnu s'était risqué dans le nôtre pour l'observer.

— Un grand calmar.

Thor Vidal, inquiet de ne plus sentir le souffle de Lucien dans son dos, l'avait suivi.

— Viens, retournons nous coucher.

CHAPITRE 6

Levé tôt et d'excellente humeur, Platypus s'affairait, assis en tailleur, un morceau de bois sur les genoux. Il l'avait arraché à la cabine et tentait de l'affiner au canif.

— Qu'est-ce que vous fabriquez? l'interrogea Thor Vidal en sortant du lit. Un arc?

Il s'étirait, se cambrait, les articulations encore raides de sommeil.

— Mieux, répondit l'explorateur. Bien mieux; une catapulte. J'y ai réfléchi cette nuit.

Le scientifique marmotta quelque chose, sans doute des encouragements, avant de se diriger cahin-caha vers une des extrémités du radeau pour piquer une tête et se rafraîchir.

Lucien l'avait précédé. Allongé près du bord, il s'amusait, avec les doigts, à pincer la crête des vagues.

— Bonjour, dit Lucien.

Il attendit que Thor Vidal réponde de même, puis voulut parler du calmar géant mais s'arrêta. Platypus s'était relevé et les appelait à tue-tête pour qu'ils viennent admirer son ouvrage.

Grâce à un dispositif ingénieux, l'explorateur avait réussi à fixer son arc sur un socle qui, en tournant et en s'abaissant, pouvait pointer dans n'importe quelle direction. Un système de blocage permettait à l'engin d'être armé en permanence.

— Nous pourrions faire un essai, dit Platypus, impatient de tester son travail, mais nous risquerions de perdre la lance.

— Pour l'essai, vous serez bientôt servi, dit Thor Vidal. Regardez ! ils sont là ! À

croire, cette fois, qu'ils attendaient que vous finissiez.

Le scientifique avait bien vu. Une dizaine d'arbres migrateurs volaient l'un derrière l'autre au-dessus de l'océan en égrenant des formes géométriques bizarres, du *i* grec à la pointe de flèche.

— Un ou vingt-cinq, réfléchit tout haut l'explorateur, c'est pareil. Je ne peux tirer qu'un coup. Le temps de réarmer et les autres seront au diable. C'est qu'ils vont vite, ces phénomènes…

Platypus retenait son souffle, le doigt sur la détente de son arbalète, un crochet de bois qui retenait la corde de l'arc.

— Bois tendre ! s'exclama Vidal. Tilleul. La chance est avec nous.

La chance. Il suffisait de prononcer le mot pour que Platypus se sente tout à coup maladroit. Comme si dire « c'est facile » rendait la tâche plus ardue.

— Maintenant ! cria le scientifique.

L'explorateur le pensait aussi.

L'arc se détendit d'un coup, propulsant la lance vers l'arbre de tête, un gros aux branches nombreuses et au feuillage épais dans lequel elle s'engloutit et disparut.

D'en bas, on entendit « toc ».

— Touché, murmura Lucien.

Surpris, le tilleul se cabra en se tortillant et virevolta sur lui-même.

— Bizarre, analysa Thor Vidal. Sûrement une réaction instinctive.

Quoi qu'il en soit, chaque vrille l'encordait davantage, fixant la liane solidement autour du tronc.

Platypus serra le poing.

— Ça y est, dit-il. En plein dans le mille. Yes-yes-yes !

— Cramponnez-vous ! hurla Vidal.

Pris au piège, le tilleul sembla d'abord hésiter, frissonna pour se libérer, puis, furieux et paniqué, fila droit devant avec une force telle que l'avant du *Bombar,* soulevé de deux mètres, donnait au radeau des allures de yacht de compétition.

Précipités au sol, Lucien et Platypus s'étaient accrochés aux jambes du scientifique qui, lui, s'agrippait à la cabane.

— Je ne tiendrai pas longtemps ! souffla Vidal. Vous êtes trop lourds !

— Trop lourds, trop lourds… parlez pour vous, répondit l'explorateur qui tenta néanmoins de le soulager en bloquant ses semelles. Ça va ?

Là-haut, le tilleul décélérait. Profitant de l'accalmie, les trois naufragés se glissèrent dans la cabane où, arc-boutés contre les cloisons, ils attendirent la suite. L'arbre avait repris sa course. Dehors, des paquets de mer roulaient sur le radeau, torrents d'écume qui bouillonnaient sur les rondins, les avalant pour les recracher, luisants et gorgés d'eau.

Jusqu'au soir le radeau fut secoué et malmené. Les trois compagnons se taisaient sans se regarder, chacun seul avec ses mains accrochés aux murs, sa peur et les grincements de la cabane.

Puis, alors qu'on commençait à croire la course sans fin, tout à coup, dans un grondement formidable, le *Bombar* se fracassa, déchiré en cent morceaux par une ligne d'écueils.

Ce n'était pas la tempête et, n'eût été du tilleul, l'embarcation aurait sans doute évité les récifs avant de s'échouer sur la plage. Flottant sains et saufs au milieu des débris du radeau, étonnés d'être en vie, Platypus, Lucien et Vidal nagèrent jusqu'à la grève où, comme tous les naufragés, ils s'endormirent aussitôt. La journée avait été fatigante.

CHAPITRE 7

L'aube se levait à peine quand Platypus, prit d'une étrange frénésie, se dressa d'un bond et courut se jeter à la mer. Une minuscule écrevisse s'était glissée dans son oreille et, sans doute friande d'aventures, s'y enfonçait de plus en plus en claquant des pincettes.

Lucien et Thor Vidal, accoudés dans le sable, l'observaient sans comprendre. D'ailleurs, ils ne comprenaient pas grand-chose. Les troncs du radeau, couverts d'anatifes*, roulaient sur la plage.

---

* Anatife : crustacé marin vivant fixé au bois flottant.

Lentement, ils reprenaient leurs esprits. Les mains en porte-voix, Lucien cria :

— Elle est bonne ?

— Je ne l'entends plus, répondit Platypus en se frappant la tête du plat de la main. Elle est partie.

Vidal haussa les épaules ; il ne saisissait pas bien les propos de l'explorateur et les considérait comme une autre de ses bizarreries.

— Tant mieux, dit-il pour pouvoir passer à autre chose.

Derrière eux, la forêt pépiait du chant de milliers d'oiseaux. Une forêt étrange où se mêlaient palmiers et bouleaux, cèdres et eucalyptus, sapins Douglas et pins parasols, micocouliers et séquoias.

— L'île aux arbres migrateurs, murmura Lucien. Nous y sommes. Voilà où ils passent l'hiver, loin du froid et de la neige.

— Certainement une île, confirma le scientifique. Ou alors un cap.

Assis dans le sable, il promenait distraitement le regard sur la ligne d'écueils qui plus loin, presque au large, faisaient mousser la mer.

La plage, très étroite, était assaillie par de hauts cocotiers qui la mordaient par à-coups, s'avançant parfois jusqu'à l'océan.

— Au moins, nous aurons des fruits à manger, constata Vidal pour lui-même. Pas que je raffole des noix de coco, mais à défaut de pêches on croque des pommes.

Il s'interrompit pour observer Platypus qui, encore tout habillé, les vêtements collés au torse et aux jambes, labourait la mer pour sortir de l'eau.

— J'ai bien cru que cette sale bestiole allait me bouffer la cervelle, lança l'explorateur en enlevant sa chemise.

— Elle serait restée sur sa faim, ironisa Vidal.

Platypus se tut, ne sachant trop s'il devait rire ou se fâcher.

— Au lieu de faire le malin, dit-il, vous pourriez vous secouer le bout des fesses.

Il pointa son doigt dans une direction.

— Ça grimpe par là-bas, peut-être des montagnes. J'ai cru voir des rochers et une chute d'eau. Je ne sais pas pour vous, mais pour moi il commence à faire rudement soif. Dix minutes, le temps de me sécher et je cours y plonger ma gamelle.

À l'ombre des arbres, le sous-bois ressemblait aux allées d'un parc. Même en tendant les bras, les trois compagnons pouvaient marcher côte à côte sans se gêner. Ils grimpaient en silence, les yeux au sol, le long d'une rigole asséchée qui, en serpentant, les conduisit vers une butte rocheuse où rêvassait un drôle d'oiseau, une sorte de dindon à gros bec.

— Un dronte, s'exclama Thor Vidal. Un dodo. Un *raphus cucullatus*.

— Ça se mange? questionna l'explorateur.

Pas très effarouchée, l'œil rond, la

bestiole les observait en dodelinant de la tête stupidement.

Lucien s'était accroupi. Il fit trois pas en canard puis s'arrêta pour l'examiner.

— Je les croyais éteints, souffla-t-il. Disparus depuis des siècles.

Platypus arqua les sourcils :

— Celui-là n'a pas l'air de mal s'en porter… dit-il. À vue de nez, il serait même en pleine forme.

Trois pas derrière, en proie à la plus grande agitation, Thor Vidal se frottait les mains, sautillait sur place, alertant le dodo qui se mit à cacarder comme une oie.

— Venez, dit le scientifique. Continuons. Je sens que cet endroit nous réserve plein d'autres surprises.

Pressé de les découvrir, il baissa la tête et fonça droit devant, courant plus qu'il ne marchait.

Mais même au pas de course, ils mirent des heures à franchir un parcours qui, à mesure de la montée, devenait de plus en plus ardu. Le jour penchait quand ils parvinrent aux hauteurs aperçues le matin par Platypus. De près, elles apparaissaient formidables : des kilomètres de parois abruptes, trouées et défoncées comme des chemins de campagne. Des grottes et des surplombs, autour desquels tourbillonnaient des milliers d'oiseaux de mer.

— Quel vacarme ! cria Lucien.

Platypus et Thor Vidal s'étaient assis sur les talons. Loin en contrebas, l'océan roulait ses vagues.

— Allons, soupira l'explorateur, un dernier effort. Du menton il désigna la chute d'eau qui brillait, droite comme un fil, pendue à la falaise.

Ils y étaient presque. Assez pour tendre le bras et s'imaginer saisir la chute ruisselante au bout des doigts.

CHAPITRE 8

L'eau avait creusé un bassin au pied de la chute ; une piscine peu profonde d'où s'échappait un petit ruisseau qui courait se perdre plus bas, dans la forêt.

Maintenant qu'ils avaient bu, ils avaient faim. Pas à s'entre-dévorer mais assez pour que Platypus songe à braver cinquante mètres de paroi ravinée.

— Toujours à vous plaindre ! dit Vidal en s'adressant à Platypus. Vous n'êtes jamais content !

— Je suis parfaitement heureux, se défendit l'explorateur. J'ai seulement un creux. Ce n'est quand même pas défendu d'avoir envie d'une omelette !

— Une omelette avec des œufs de mouette ? l'interrompit Lucien.

— Un œuf est un œuf. Surtout que de là-haut, on aura une très jolie vue. On verra peut-être des bateaux…

— Va pour les bateaux, admit Thor Vidal. Mais vous avez pensé à l'enfant ?

Lucien sursauta, et même tristement : on partage, on partage, on se croit l'égal des autres, mais finalement, malgré les rigolades et les tapes dans le dos, on reste un gamin.

— Nous le mettrons entre nous, répondit Platypus. Je serai devant. S'il tombe, vous le rattraperez.

L'explorateur se sentait d'humeur à attaquer l'Everest, appelé Chomolungma par les Tibétains. Après avoir longé la falaise et décidé du meilleur passage, ils commencèrent l'ascension.

Pour éviter de s'épuiser, Platypus s'arrêtait aux dix minutes, le temps de sortir la gourde et de s'assurer de la route. Nombreuses dans les premiers mètres, les prises devenaient rares ou impraticables au fur et à mesure de l'escalade. Pour un gain de trois mètres, il fallait souvent redescendre, contourner, obliquer et en parcourir vingt-cinq.

À mi-chemin, alors que les oiseaux commençaient à tournoyer autour d'eux, un œuf tombé du sommet heurta le scientifique qui manqua dévisser, c'est-à-dire tomber, pour parler le langage des alpinistes.

— Ça suffit, arrêtons-nous, dit-il.

Collé contre la paroi, il n'osait plus regarder de côté. Le vide dans son dos était devenu tout à coup immense et l'aspirait comme une ventouse.

— Je ne vais tout de même pas me tuer pour une omelette.

Du coin de l'œil, il avait repéré une cassure dans la pierre, presque une plate-forme, et s'y dirigeait lentement, les mains agrippés au mur.

Quand il la rejoignit, se sentant à nouveau assuré, il se calma rapidement. Derrière lui, dissimulée par une arête rocheuse, s'ouvrait une cavité, une grotte où, autant par curiosité que pour échapper à la chaleur, il alla se réfugier.

— Venez ! cria-t-il à ses deux compagnons. Inutile d'aller plus loin. La pêche aux œufs, nous pouvons la faire d'ici. Vous n'aurez qu'à tendre une chemise.

Aller plus loin, c'était le but, mais ni Lucien ni Platypus n'étaient fâchés d'arrêter. Tout comme au scientifique, le soleil leur tapait sur le crâne et s'abriter le temps qu'il vire à l'ouest n'était pas une mauvaise idée.

— On vous rejoint, lança l'explorateur déjà précédé par Lucien qui, mieux qu'un cabri, s'était écarté pour suivre la corniche.

— Alors, c'est bien ? cria Platypus lorsque le garçon atteignit la plateforme.

— Très bien ! répondit-il. On pourrait même y habiter.

CHAPITRE 9

L'idée du scientifique était excellente. Assis devant la grotte, tenant chacun un bout de chemise, Lucien et Platypus récoltaient des œufs, qui tombaient par intermittence mais régulièrement. Avec l'habitude et en les mirant au soleil, ils arrivaient à discerner les bons des mauvais, les pourris des comestibles.

Pour les faire cuire, il y avait des brindilles qu'on mêlait à la fiente sèche des oiseaux. Lorsque le mélange fumait, ils y enfouissaient les œufs, le temps que ceux-ci deviennent durs.

— Encore un ? demanda Platypus.

Lucien secoua la tête, écœuré.

— Et l'autre rigolo, il ne mange pas ?
poursuivit Platypus en enflant la voix.

Depuis une semaine qu'ils campaient
sur la falaise, Vidal ne paraissait plus, occupé
qu'il était à fouiller l'intérieur de sa grotte.

Dès le premier jour, avec à peine un
bout d'allumette pour s'éclairer, il en était
ressorti rouge d'émotion en criant d'une
voix aiguë : merveilleux ! extraordinaire !
Enfoncée, la grotte Cosquer ! Altamira,
c'est pareil ! Lascaux, rien du tout !

Il se laissait emporter.

— Vous exagérez, lui avait dit Platypus. Cosquer, Lascaux, Altamira… ce sont
des chefs-d'œuvre de la préhistoire tout
de même… les plus belles grottes ornées
du monde !

— Moi, j'exagère ? Venez voir !

Et c'était vrai que c'était magnifique.
Des baleines et des pingouins plein les
murs ; des dauphins, des poulpes et même
un énorme serpent à crinière rouge, des-
siné sur toute la longueur de la voûte.

— Un serpent de mer… Peut-être re-présente-t-il la Voie lactée… ?

— Qui sait ? lui répondit l'explorateur. N'empêche, vous pourriez venir nous aider.

Vidal avait haussé les épaules, trop occupé ou enthousiasmé par sa découverte pour penser à autre chose. « En présence de tant de merveilles, avait-il l'air de dire, on ne s'interrompt pas pour sortir les poubelles. »

Ils s'étaient vite installés. Avec l'habitude, le voyage jusqu'à la plage ne leur prenait pas plus d'une demi-journée. Lucien et Platypus en rapportaient des noix de coco, parfois des coquillages et du bois mort pour le feu ; les jours de chance, un poisson que la marée avait coincé dans une cuvette.

Les jours où les besoins en nourriture et en combustible ne se faisaient pas trop pressants, ils exploraient. Et c'est lors d'une de ces promenades qu'ils aperçurent, mouillant au large d'une petite baie, un cargo à la coque rouillée qui de loin ressemblait à une épave. À l'écart des grandes routes maritimes, il n'est pas rare de découvrir un bateau échoué, trop vieux pour aller à la casse ou être remorqué.

— Il y a peut-être des casseroles là-dedans, observa Platypus. Je commence à en avoir ras l'estomac des œufs durs. Tiens, grimpe sur ce rocher, tu verras mieux.

Lucien y était déjà, la main au-dessus des sourcils.

— Alors? pressa l'explorateur. Tu vois quelque chose?

Le pont fourmillait de marins. De courtes sihouettes noires. Du moins à cette distance. Des hommes à la démarche lente, que l'on imaginait rudes, secs, habitués à l'effort. Lucien crut en voir quatre occupés autour d'une chaloupe.

— Ce n'est pas une épave, répondit Lucien. Il y a plein de gens. Et je pense même qu'ils vont débarquer…

Un bruit strident l'interrompit, un bruit de machines qui lui rappelait quelque chose sans qu'il puisse le nommer.

CHAPITRE 10

— Une scie, remarqua Lucien.

Platypus inclina la tête et la garda penchée un long moment.

— Tu as raison, répondit-il. Une scie.

Sur le pont, les marins continuaient de s'affairer. Le bruit avait cessé. Sans doute un essai, une vérification, un graissage. Des cabestans hérissaient tout le pont supérieur, becs tournés vers la terre.

À son tour, l'explorateur était monté sur le rocher, le bras autour des épaules de Lucien pour le retenir et l'empêcher de tomber.

— On les dirait en attente de chargement, dit-il. Peut-être ont-ils rendez-vous avec un autre bateau.

— Des contrebandiers? s'inquiéta le garçon.

— Qui sait?

La chaloupe, avec à son bord une dizaine de matelots, descendait lentement le long de la coque. Aussitôt qu'elle fut à la mer, ses passagers poussèrent un grand han! et se mirent à souquer.

— Viens, commanda Platypus. Éloignons-nous. Ces gaillards-là ne me disent rien qui vaille.

À cent mètres des cocotiers, une longue dune isolait la plage des forêts de l'intérieur.

Tapis derrière, Lucien et Platypus regardaient s'approcher l'embarcation. Lorsqu'elle commença à racler le fond, le type à la proue sauta à l'eau. Les autres l'imitèrent, poussant la chaloupe loin sur la grève. Puis, heureux d'être à terre, ils se mirent à plaisanter, à rire, à lutter et même à jouer à la poursuite.

— Ils n'ont pas l'air méchants, souffla Lucien.

— Attends encore un peu, fit l'explorateur. Le temps de savoir ce qu'ils viennent faire.

Lucien s'était déjà à moitié relevé. Mais à l'appel que poussa le contremaître, il s'aplatit à nouveau.

— Allez vous autres ! gueula l'homme de la proue. Assez joué. On débarque le matériel, on explore un peu le terrain et on rembarque. Vous n'êtes pas payés pour vous amuser !

Comme pris en faute, les matelots redevinrent sérieux et commencèrent à décharger la chaloupe.

— Qu'est-ce que c'est ? demanda Lucien.

— Des tronçonneuses, répondit Platypus. Ces matelots sont des bûcherons, des trafiquants de bois, des braconniers de forêts. Ni vu ni connu, ils écument les côtes et coupent tout ce qui pousse. Je sais, j'ai lu un article une fois là-dessus dans le journal.

— Les arbres migrateurs ?

— Tout, je te dis, ils rasent tout.

— Il faut les en empêcher, s'insurgea Lucien.

— Facile à dire, mon garçon. Mais comment ?

C'était la bonne question. Ils ne pouvaient songer sérieusement à attaquer le bateau et encore moins à le couler.

Sur la plage, les hommes finissaient de débarquer leur équipement : des tronçonneuses, des haches et des chaînes de halage qu'ils entassaient à trente mètres du rivage.

— En route ! cria le contremaître. Allons voir cette forêt.

— C'est le moment, murmura Platypus.

Ils attendirent que le dernier matelot eut disparu pour se ruer sur la plage.

CHAPITRE 11

— Qu'est-ce qu'on fait ?

— On déplace le tout, répondit Platypus. Au moins les tronçonneuses.

— On les cache ? interrogea Lucien.

L'explorateur le dévisagea un instant, l'œil fixe :

— Ça devrait les retarder. Le temps que je trouve autre chose.

Plus loin, dans la forêt, les bûcherons continuaient à évaluer le bois à couper. Il y en avait des cordes et des stères. Contents de leur bonne fortune, ils jacassaient autant que les oiseaux qui, apeurés par les intrus, s'envolaient en piaillant. Pour s'amuser, les hommes leur lançaient des cailloux ou,

lorsqu'ils débusquaient un dodo, le pour-
suivaient en se moquant de sa maladresse.

— Ce sera un carnage! rigola le
contremaître. De quoi remplir le bateau!
Du bois à le faire couler! Mes amis, si le
cœur vous en chante, après ce coup-ci vous
pourrez tous prendre votre retraite! Je n'y
comprends rien, mais il y a là des chênes,
des pins, des gommiers, des acajous, des
noyers, des hêtres, des oliviers, tout ça mé-
langé, tout ça en pagaille, et d'un seul coup
on aura toutes les essences du monde à
fond de cale.

— Ça cache peut-être quelque chose,
dit quelqu'un.

— On n'est pas ici pour philosopher.
Allez, on en a assez vu comme ça, ren-
trons!

Sur la plage, les bras durcis par l'effort, Lucien et Platypus transportaient les
tronçonneuses le plus vite possible. Ne sachant pas trop où les poser, ils couraient
dans tous les sens, s'arrêtant pour repartir,

hésitant, reprenant, chaque fois mécontents de leur cachette.

— Zut de zut, marmonna Platypus, je les entends qui reviennent déjà.

Lui et Lucien se regardèrent désespérés. Ils avaient à peine bougé la moitié des outils et encore, ils n'avaient pas eu le temps d'effacer les traces de leur va-et-vient.

— Partons! commanda l'explorateur. On n'a plus le temps.

Il venait d'apercevoir à travers le rideau de la forêt une lueur jaune, une tache, la chemise d'un des bûcherons. En se dissimulant dans les dunes, ils galopèrent vers un bouquet de cocotiers dont les pieds, renflés par le sable, faisaient paravent.

Ils avaient encore la main sur la poitrine quand déboula sur la plage Thor Vidal, échevelé, souriant, excité comme un jeune veau.

Il venait tout juste de découvrir de nouveaux dessins et, incapable de contenir sa joie, était descendu de la falaise pour partager la bonne nouvelle.

Ne voyant rien ni personne — pas même le cargo ou la chaloupe — il s'était hissé sur un rocher et tournait sur lui-même en criant : youhou ! youhou !

Le moment était mal choisi pour danser, fût-ce de bonheur. À l'orée de la forêt, saisis par l'apparition, les bûcherons se dévisageaient d'un air perplexe.

— Qu'est-ce que c'est ? finit par articuler un des hommes en levant la main. Un indigène ?

Au bout de son doigt, Thor Vidal en habit de poils continuait de tournoyer comme un derviche en transe.

— Je ne vois plus nos tronçonneuses ! bégaya un des matelots.

D'un coup, les visages se durcirent et les poings se fermèrent.

— Attrapez-moi ce sauvage ! hurla le contremaître. Il a intérêt à n'avoir rien abîmé parce que sinon je le tue, et de ces mains-là ! ajouta-t-il en montrant ses énormes paluches.

C'est alors que Vidal, sortant de son rêve, aperçut d'un côté une horde de bûcherons colériques et, de l'autre, Platypus qui agitait les bras.

CHAPITRE 12

—Ces primitifs m'ont pris pour un sauvage ! haleta le scientifique lorsqu'il eut rejoint la butte où se cachaient Lucien et l'explorateur.

Thor Vidal était offusqué. Il marmotta encore une ou deux choses mais elles étaient incompréhensibles.

— Si vous renouveliez votre garde-robe, fit remarquer Platypus. Les choses seraient plus évidentes pour tout le monde. Avec votre peau de bête vous ne faites pas particulièrement civilisé.

— Et mon regard, il n'a pas l'air moderne, mon regard ?

Ni Lucien, ni l'explorateur n'osèrent

répondre. D'ailleurs, ils n'en auraient pas eu le temps. Les trafiquants déboulaient allegro furioso, c'est-à-dire à toute vitesse et très furieusement.

— À la grotte ! cria Platypus en empoignant le garçon. Malheureusement, sa main glissa et Lucien, déséquilibré, roula un mètre derrière. Le temps de se relever, et un matelot gigantesque le cueillait comme un champignon.

Chauve, l'oreille droite percée d'une boucle, il avait, tatoué sur la poitrine, un cœur barré d'une tronçonneuse.

— Un singe ! s'exclama-t-il en l'examinant. Un petit singe !

Il se mit à rire tellement que ses camarades se sentirent pressés de l'imiter et rigolèrent à leur tour.

— Et les autres sauvages ? hoqueta le plus sérieux.

— Sans doute ses parents, répondit le colosse. Il n'y a qu'à attendre qu'ils viennent le chercher. Je suis certain qu'ils sont cachés tout près et qu'ils nous épient. Allez toi, dit-il en s'adressant à Lucien. Suis-nous, on t'embarque.

— Où m'emmenez-vous?

Maintenu à bout de bras par le géant, Lucien essayait, malgré sa situation délicate, de mordre et de décocher des coups de poing.

— Tiens, il parle, rigola le bûcheron. Et en plus, il fait le méchant. Au bateau, où veux-tu donc qu'on t'emmène? Ça calmera tes copains de te savoir avec nous. Hé vous autres, les sauvages, hurla-t-il d'une voix à secouer un théâtre. Vous avez compris? On embarque fiston. Vous remettez tout le matériel en place, sinon…

— Vous êtes des bandits! gronda Lucien.

Le colosse prit un air terrorisé:

— Ô le grand mot! dit-il. Il ne faudrait pas le répéter.

Et encore une fois, tout le monde s'esclaffa.

Le capitaine du bateau était un petit homme à moustache qui, malgré son uniforme rapiécé, se donnait la prestance d'un amiral. Il sonna son serviteur, un bon à rien du nom de Poussin, et se fit apporter du thé et des biscuits.

— À cause de tes amis, dit-il à Lucien, le travail est retardé d'une journée. J'hésite entre te pendre et te balancer par-dessus bord… À moins que Poussin ait autre chose à proposer…

— Il pourrait nettoyer le pont, répondit le serviteur.

— Ou repasser mes chemises. Enfin, soit. Tu as entendu, sale mioche ! ? gronda le capitaine. Au travail !

Sans se soucier davantage du garçon, il fit demi-tour et se dirigea vers sa cabine d'un pas raide qui claquait comme celui d'une majorette.

Poussin fit signe à Lucien, qui le suivit. Quand ils se furent un peu éloignés, le serviteur se retourna l'air mauvais :

— Et si ce soir t'as pas terminé, mon petit bonhomme, t'auras rien à manger ! Parole de moi.

— Monsieur…, Poussin, c'est votre vrai nom ?

— Je n'en ai jamais eu d'autres. Sans doute parce que j'ai bon cœur. N'est-ce pas que j'ai l'air d'avoir bon cœur ?

En grimaçant, il pencha vers le garçon deux prunelles sombres, aussi noires et méchantes que celles d'un rat.

Lucien baissa la tête et acquiesça. Il valait mieux ne pas le contrarier.

— Et ceci, dit le serviteur en lui passant deux anneaux de fer autour des chevilles, c'est pour pas que j'aie à te surveiller.

À n'en pas douter, il était prisonnier d'une bande de joyeux drilles toujours prêts à rigoler.

CHAPITRE 13

— On ne peut pas le laisser là, s'énervait Platypus en se tortillant les doigts. Il faut tenter quelque chose…

Le soir tombait.

Du rivage on apercevait les lumières du bateau. Accoudés au bastingage, des marins fumaient. Les sons portaient loin sur l'eau et, de temps à autre, on entendait un rire ou un éclat de voix.

— Comme disait mon grand-père, répondit Vidal, la valeur d'un homme réside ici, dans sa cervelle. Ne dites plus rien et laissez-moi réfléchir.

— Et ça va durer longtemps, votre réflexion ?

— Chut ! taisez-vous…

— Eh bien, réfléchissez tant que vous voulez, mais moi, j'y vais !

L'explorateur avait enlevé sa chemise et ses bottines et s'avançait déjà dans l'eau. Elle clapotait, noire et luisante, éclaboussée par le reflet de la lune.

Il ne savait pas exactement comment il s'y prendrait mais, de la grève au bateau, il avait le temps d'y songer.

Pas très convaincu, et même pas convaincu du tout, Vidal suivait en poussant une des billes du *Bombar* restée sur la plage.

— Bonne idée ! approuva Platypus. Elle servira de bouée. Inutile de s'épuiser avant d'aborder.

Là-bas, il commençait à se faire tard et l'un derrière l'autre, après avoir tapé leur pipe contre le garde-fou, les matelots quittaient le pont pour les cabines où, après avoir joué aux cartes, ils iraient se coucher.

Le bateau se rapprochait. Coque énorme qui montait de la mer comme un gratte-ciel.

Accrochés à leur bout de bois, Vidal et Platypus avaient cessé de nager.

— J'espère que l'exercice vous a donné des idées, marmonna le scientifique, parce que moi, je n'en ai aucune.

— Les yeux dans les poches ! répliqua l'explorateur. Vous ne voyez donc rien ?

Amarrée au cargo, la chaloupe des bûcherons balançait et claquait sur les vagues. Un quadrillé pâle, une échelle de corde, la reliant au pont supérieur.

— Peut-être, dit Vidal. Mais admettez que nous avons de la chance.

Chance ou pas, le plus dur restait à accomplir. Là-haut, couché à même le sol et enveloppé d'une bâche, Lucien s'écoutait respirer. Ses muscles lui faisaient mal et il s'étonnait d'en avoir autant. Les fers, surtout, lui mordaient cruellement les

chevilles. Moqueur, Poussin lui avait sou-
haité de beaux rêves avant de descendre
aux cabines et d'aller se vautrer sur sa
couche.

Resté seul sur le pont, le garçon promenait ses yeux de haut en bas sur le manche
de la vadrouille qui, debout près de sa tête,
lui rappelait sa journée et annonçait celle
du lendemain.

Bien que ce ne fût pas dans son tempé-
rament, il se laissa aller à certaines idées
tristes pour le plaisir de sentir la brume lui
chatouiller l'estomac.

Malgré l'inconfort, il allait s'endormir
lorsque, à travers ses cils, il aperçut une
jambe qui chevauchait le garde-corps.

— Monsieur Platypus! chuchota-
t-il.

La jambe resta un moment suspendue
en l'air avant de descendre et de toucher le
sol.

— Lucien, répondit l'explorateur. C'est
toi?

Le garçon s'était redressé et tentait, en sautillant, de se rapprocher du bastingage. À chaque pas, les chaînes qui lui entravaient les chevilles raclaient le pont de façon abominable, menaçant de réveiller tout l'équipage.

— Ne bouge plus, ordonna Platypus.

En trois enjambées, il fut sur Lucien qu'il souleva et jeta sur son épaule. Dix mètres plus bas, Vidal, debout dans la chaloupe, s'impatientait.

— Grouillez-vous ! chuchota-t-il, en les regardant descendre. Je sens que ça bouge là-dedans.

Dès que Platypus et Lucien touchèrent l'embarcation, Vidal laissa filer l'amarre et tous les trois se mirent aussitôt à ramer avec frénésie.

— Ils vont certainement organiser une battue, prédit Platypus en accostant. Mais d'abord, libérer Lucien.

D'un pas vif, il courut à la cache des bûcherons et en rapporta une cognée. Lucien écarta les jambes et, d'un seul coup bien appliqué, l'explorateur cassa la chaîne en deux.

Puis, ils se précipitèrent vers la grotte. Le temps pressait ; sans armes ou presque, la partie s'annonçait serrée.

CHAPITRE 14

L a réaction ne devait pas se faire attendre. Dès l'aube, une deuxième chaloupe glissait le long des flancs du navire.
Plus grande, elle embarquait la moitié
de l'équipage, coupe-jarrets aux visages
sinistres. Armés de machettes, les marins
cognaient en chœur sur les bordages.

Pour les fuyards, tout reposait sur la caverne qui, loin à l'intérieur des terres, était,
pour un étranger, quasi introuvable. Tapis
dans le fond de la grotte, ils furent sur
les dents jusqu'à midi puis, petit à petit,
commencèrent à respirer, à rire, à se ris-
quer sur la plateforme et même à se donner
des bourrades quand des aboiements leur

firent dresser l'oreille et rentrer précipitamment.

— Un chien, murmura Platypus. Ils ont un chien.

— J'aimerais bien avoir un chien, dit Lucien. Je sais qu'il faut s'en occuper, le promener…

— Si tu racontes tes bêtises pour détendre l'atmosphère, c'est raté, gronda l'explorateur, pour aussitôt ajouter : excuse-moi.

Les bandits se rapprochaient.

— On pourrait peut-être leur rendre les tronçonneuses, suggéra Vidal.

Platypus leva les bras au ciel :

— Vous avez décidé de me faire devenir chèvre tous les deux ! Cherchez plutôt une sortie, un couloir, un tunnel, n'importe quoi… !

— Sans être rabat-joie, répondit Thor Vidal, je peux vous affirmer que cette caverne n'a malheureusement qu'une issue.

— Alors nous sommes piégés. Faits comme des rats.

Les bûcherons s'étaient regroupés au pied de la falaise. En attendant l'assaut final, ils avaient rappelé le chien et discutaient de la pluie et du beau temps.

— Rendez-vous, beugla le capitaine. Il ne vous sera fait aucun mal.

— Aucun mal ? souffla Poussin dans l'oreille de son chef.

— C'est vrai qu'aucun, ça ne fait pas beaucoup, réfléchit tout haut le capitaine.

Platypus hésitait. Il avança de deux pas, jusqu'à paraître, du moins sa tête, et cria :

— Qu'allez-vous faire de nous ?

— Ceci ! aboya Poussin.

Le bras du serviteur décrivit un arc de cercle et une bouteille d'essence enflammée alla se fracasser sur la paroi rocheuse.

— Belle initiative, le félicita le capitaine. Il faudrait cependant viser plus haut. Vous en avez une autre ?

Poussin acquiesça. Il sortit de son sac

un second projectile et, après l'avoir en-
flammé, le lança avec encore plus de vi-
gueur. Le serviteur avait sous-estimé sa
force : la bouteille vola au-dessus de la caverne, alla atterrir dans un nid de brous-
sailles d'où elle roula, intacte, pour rebon-
dir et dégringoler sur les bûcherons.

— Sauve qui peut ! hurla le capitaine.

Les matelots s'étaient jetés au sol, mains
sur la tête. Projetée par un repli, une sorte
de toboggan rocheux, la bouteille poursuivit sa course jusque loin dans la forêt, ex-
plosant dans un bruit sec et enflammant le
sous-bois.

CHAPITRE 15

Trop saisi pour crier, Lucien murmura d'une voix à peine audible :

— Le feu !

— Le feu, répéta Platypus de la même voix blanche.

Une fumée épaisse montait des taillis. Au pied de la falaise, crachant et suffoquant, les bûcherons s'égaillaient comme des moineaux. Les plus malins suivaient le chien qui tirait vers la plage.

Lucien s'était assis, les jambes dans le vide. Le spectacle était à la fois beau et terrible.

— Envolez-vous, cria-t-il aux arbres. Qu'est-ce que vous attendez ? Envolez-vous !

— Peut-être qu'ils sont sourds, dit Thor Vidal.

Lui et Platypus s'étaient assis à leur tour. De loin en loin, on entendait crier un dodo. Les flammes n'avaient pas encore rejoint les *raphus cucullatus* que déjà ils s'étaient passés le mot et couraient se mettre à l'abri.

Et c'est alors, comme le raconta plus tard Lucien à la vieille Anglaise, que le miracle se produisit. D'un coup, toute l'île se mit à bouger, à tressaillir, à tressauter. C'était comme si des milliers de millions d'oiseaux battaient ensemble des ailes. Les arbres s'arrachaient du sol, s'extirpaient ; et ça faisait un bruit terrible de branches en-tremêlées, de bois qui craquait, qui gémis-sait. À mesure que les arbres s'envolaient, le ciel s'assombrissait, devenait tout noir. Puis tout redevint bleu. L'île n'était plus qu'un caillou pelé avec ses bandes de cocotiers qui semblaient bien seuls tout enchevillés dans le sable.

Le lendemain, les bûcherons, revenus de leur surprise, ramassèrent leurs outils et levèrent l'ancre. Ils travaillaient en silence, maussades, évitant Poussin qui, pour se faire pardonner, essayait d'aider l'un et l'autre, ne réussissant, pour sa peine, qu'à les exaspérer davantage.

Aussitôt qu'ils furent embarqués, le capitaine le fit mettre aux fers, plus pour le protéger de l'équipage, bien capable de le jeter à l'eau, que pour le punir.

Avant de mettre cap au large, le petit homme souleva sa casquette vers les trois compagnons qui observaient les mouvements du bateau depuis la rive et leur souhaita de passer de belles vacances.

— C'étaient des bandits, mais ils auraient quand même pu nous emmener, remarqua Platypus.

— Très peu pour moi, dit Vidal. Ces gens-là, vraiment, je ne les aimais pas beaucoup.

ÉPILOGUE

Lucien, Vidal et Platypus restèrent encore un an dans l'île ; Thor Vidal à étudier sa grotte, Lucien et Platypus à se promener et à pêcher. Puis un jour, en même temps que revinrent les arbres migrateurs, apparut au large la silhouette d'un grand voilier. C'était un polonais qui cinglait vers les Antilles pour parader dans les ports. Les élèves-matelots qui débarquèrent pour se dégourdir les jambes furent quelque peu surpris de les découvrir. Platypus et Vidal avaient maintenant une très longue barbe et Lucien, plus beaucoup de culotte. Le capitaine du voilier, un marin un peu raide, aux boutons astiqués, accepta de les embarquer et même, dans le cas du scientifique, de le ramener en Europe.

Thor Vidal rayonnait. Grâce à vous, disait-il à Lucien et Platypus, on ne se moquera plus de moi. Je sais enfin comment voyageaient nos ancêtres : en grimpant aux arbres.

MISE EN PAGES ET TYPOGRAPHIE :
LES ÉDITIONS DU BORÉAL

ACHEVÉ D'IMPRIMER EN OCTOBRE 2001
SUR LES PRESSES DE L'IMPRIMERIE AGMV MARQUIS
À CAP-SAINT-IGNACE (QUÉBEC).